El hockey sobre hielo

Karen Durrie

AV2

www.av2books.com

Step 1
Go to **www.av2books.com**

Step 2
Enter this unique code
AVF82689

Step 3
Explore your interactive eBook!

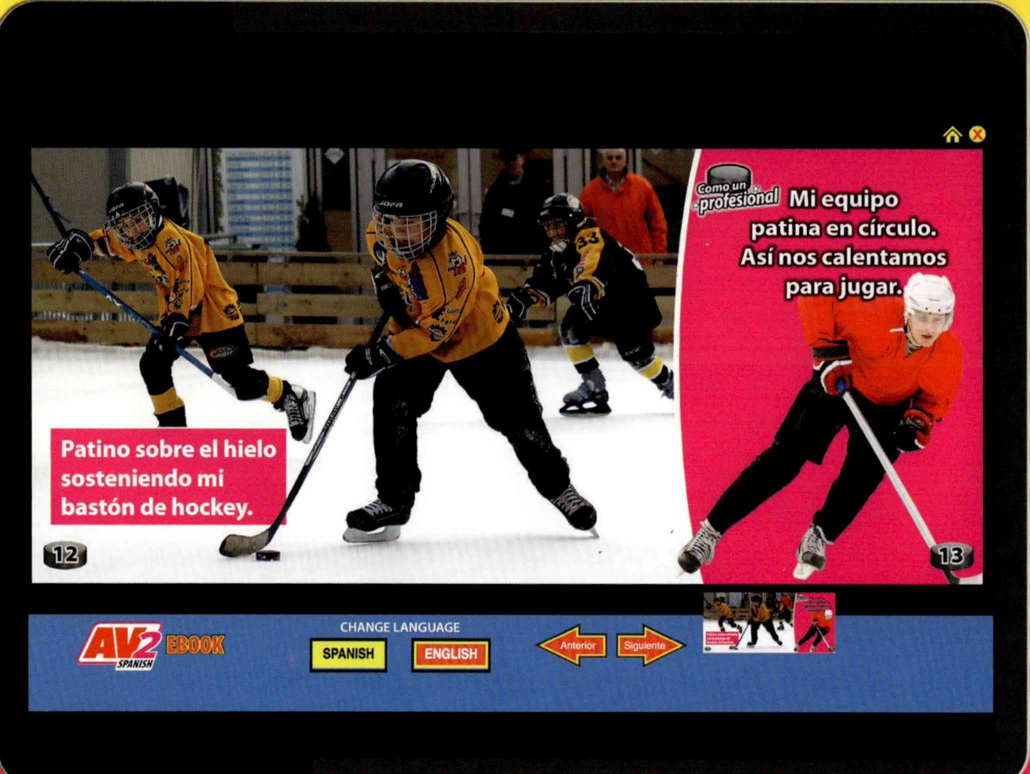

AV2 Spanish is optimized for use on any device

Media Enhanced Book
Every hardcover Spanish title comes with two free eBooks for a complete bilingual experience

Language Toggle
Users can toggle between Spanish and English to learn the vocabulary of both languages

AV2 Page Controls
An intuitive design allows users to go back and forth through the pages in their selected language

View new titles and product videos at www.av2books.com

El hockey sobre hielo

Contenidos

Me encanta el hockey sobre hielo. Hoy voy a jugar hockey sobre hielo.

En sus comienzos, el hockey sobre hielo se jugaba sobre lagos y ríos congelados.

Me visto para jugar al hockey sobre hielo. Me pongo mi jersey amarillo.

Me pongo las protecciones para no lastimarme.

Me encuentro con mi equipo en la pista de hielo, que es grande y fría.

Como un profesional

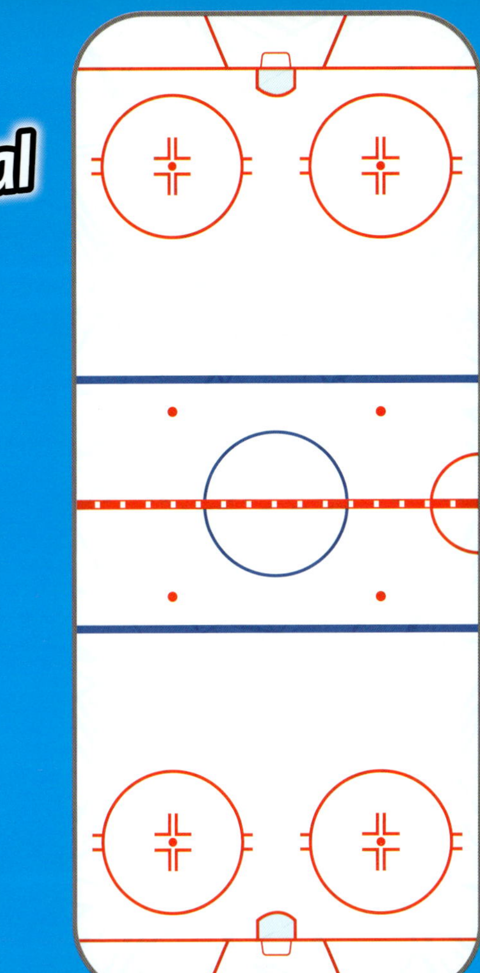

La pista de hielo tiene tuberías por debajo del hielo que la mantienen congelada.

Me pongo mis patines. También uso un casco y guantes.

Las cuchillas de los patines de hockey se deslizan rápidamente por el hielo.

Patino sobre el hielo sosteniendo mi bastón de hockey.

Mi equipo patina en círculo. Así nos calentamos para jugar.

Cae el disco y comienza el juego. Empujo el disco con mi bastón.

Como un profesional
Sostener el bastón de hockey me ayuda a mantener el equilibrio.

Patino rápido. Paso el disco y avanzo sobre el hielo.

Como un profesional

El entrenador nos dice cuándo descansar y cuándo jugar.

Lanzo el disco a la red y anoto un gol. Mi equipo festeja.

El equipo trabaja unido para ganar el partido. Cada jugador tiene una tarea.

Me encanta el hockey sobre hielo.

DATOS SOBRE EL HOCKEY SOBRE HIELO

Esta página contiene más detalles sobre los interesantes datos de este libro. Simplemente, fíjate en el número de página al que corresponde el dato.

Páginas 4–5

Preparándome La palabra hockey viene del francés *hoquet*, que significa "el cayado del pastor". En un partido de hockey sobre hielo hay dos equipos y cada uno intenta meter el disco en el arco del equipo contrario para anotar un gol. El equipo que anota más goles durante el partido gana.

Páginas 6–7

Qué me pongo Para jugar al hockey sobre hielo se necesitan muchas cosas. Guantes de hockey para proteger las manos de los jugadores y mantenerlas calientes. Coderas y hombreras protectoras, que se colocan por debajo del jersey. Pantalones de hockey, que son acolchados y se usan para dar calor y proteger a los jugadores al caer sobre el hielo. Los cascos pueden tener una protección de alambre sobre la cara para evitar lesiones.

Páginas 8–9

Dónde juego La pista de hockey es una gran lámina de hielo con una red en cada extremo. Alrededor del hielo hay unos paneles altos para impedir que los jugadores y el disco se salgan de la pista. Las líneas y círculos pintados en una capa que está por debajo del hielo son importantes para el juego. Los círculos marcan donde se deja caer el disco para comenzar a jugar.

Páginas 10–11

Qué uso Dominar los patines lleva tiempo. Al principio, no es fácil mantener el equilibrio sobre las delgadas cuchillas metálicas en una superficie resbalosa. Para jugar al hockey sobre hielo, es esencial saber deslizarse, patinar muy rápido, girar, frenar de golpe, cambiar de dirección y patinar hacia atrás.

Páginas 12–13

Qué hago Los músculos fríos están rígidos y, si se los tuerce y gira de repente, pueden lesionarse. Calentar y estirar los músculos antes de jugar al hockey sobre hielo puede reducir el riesgo de sufrir una lesión. Los músculos calientes también producen energía más rápido. Esto ayuda a los jugadores a patinar a mayor velocidad y a jugar con más precisión y destreza.

Páginas 14–15

Cómo se juega Los discos de hockey sobre hielo están hechos de una mezcla de caucho, polvo de carbón y aceite. La mayoría de los bastones de hockey son de madera, pero algunos son de grafito o de una combinación de grafito y fibra de vidrio. Patinar sosteniendo el bastón ayuda a los jugadores a mantener el equilibrio.

Páginas 16–17

Más sobre el juego Los equipos de hockey sobre hielo tienen más jugadores que posiciones en el hielo. Los jugadores que no están en el hielo se sientan en bancos con puertas especiales para entrar y salir de la pista. El entrenador les dice cuándo salir a descansar y cuándo volver al hielo a jugar.

Páginas 18–19

Quién gana Anotar goles y ganar los partidos es emocionante, pero aprender nuevas habilidades y disfrutar del deporte también es importante. En el hockey sobre hielo, trabajar en equipo pasándose el disco y armando buenas jugadas ayuda al equipo a ganar. Si se gana el partido, es todo el equipo el que gana y no solo los jugadores que anotaron goles.

Páginas 20–21

Me encanta el hockey sobre hielo Para practicar un deporte se necesita una indumentaria y un lugar especial para jugar. También se necesita preparar el cuerpo para trabajar duro. Comer sano ayuda al cuerpo a funcionar mejor. La buena alimentación fortalece los huesos y proporciona energía a los músculos. Tomar una colación y una bebida después de hacer deporte ayuda a reponer la energía utilizada durante el juego.

Step 1
Go to **www.av2books.com**

Step 2
Enter this unique code
AVF82689

Step 3
Explore your interactive eBook!

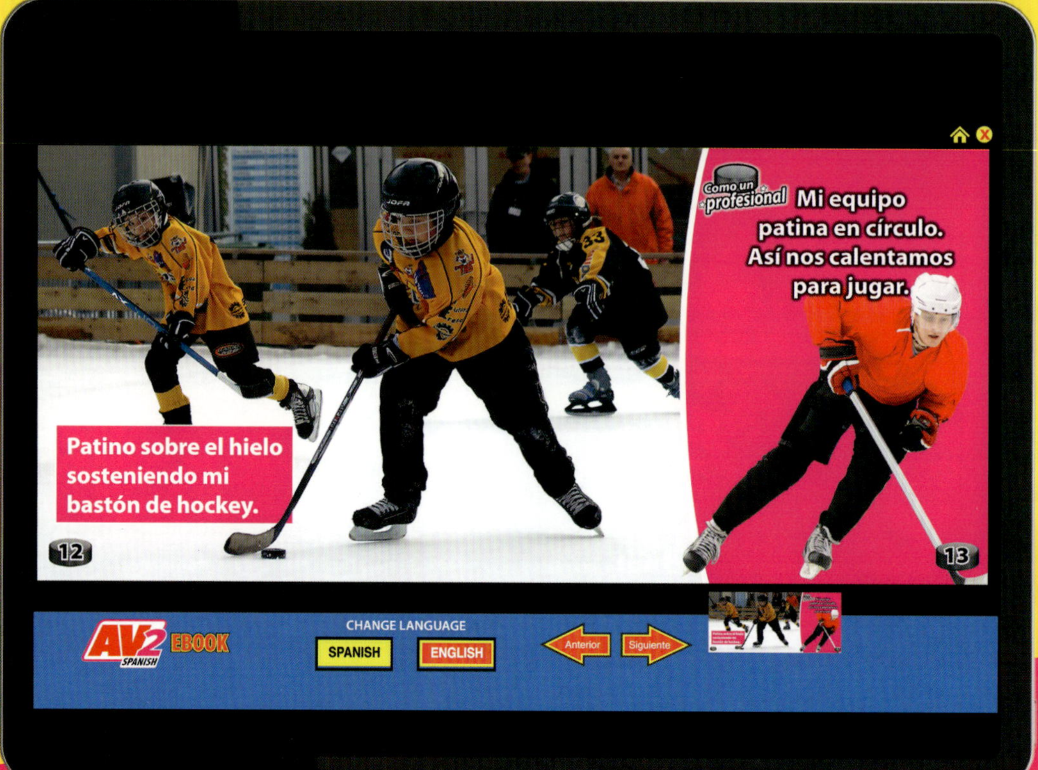

AV2 Spanish is optimized for use on any device

Published by AV2
14 Penn Plaza, 9th floor, New York, NY 10122
Website: www.av2books.com

Library of Congress Control Number: 2020938985

ISBN 978-1-7911-2907-1 (hardcover)
ISBN 978-1-7911-2909-5 (multi-user eBook)

052020
101719

Printed in Guangzhou, China
1 2 3 4 5 6 7 8 9 0 24 23 22 21 20

Spanish Project Coordinator: Sara Cucini   Spanish Editor: Translation Services USA LLC
English Project Coordinator: John Willis   Designer: Ana María Vidal

Every reasonable effort has been made to trace ownership and to obtain permission to reprint copyright material. The publisher would be pleased to have any errors or omissions brought to its attention so that they may be corrected in subsequent printings.

The publisher acknowledges Alamy, iStock, and Shutterstock as its primary image suppliers for this title.